민음사 세계문학전집

일러두기

김수영 시인 사후 50주기를 기념하여
발간된 이 책은 1959년 춘조사에서
오늘의 시인 총서 시리즈로 출간된 시집
『달나라의 장난』 리뉴얼 에디션이다.

표지는 초판 이미지의 콘셉트를 현대적으
로 변주했고 본문은 초판의 세로쓰기를
유지하여 김수영 시가 의도한 시각적 의
미까지 재현했다.

독자들의 편의를 위해 맞춤법과 띄어쓰기
는 현행 맞춤법 규정에 따라 고쳤다. 한
자로 표기된 것은 한글로 바꾸거나 한글
과 한자를 병기했다.

유토피아
디스토피아

인류의
미래

김수영

眞珠

〈비극은 언제나 현재의 드라마

이 시규 평론들〉

사령(死靈)

…… 활자는 반짝거리면서 하늘 아래에서
간간이
자유를 말하는데
나의 영(靈)은 죽어 있는 것이 아니냐

벗이여
그대의 말을 고개 숙이고 듣는 것이
그대는 마음에 들지 않겠지
마음에 들지 않아라

모두 다 마음에 들지 않아라

이 황혼도 저 돌벽 아래 잡초도

담장의 푸른 페인트빛도

저 고요함도 이 고요함도

그대의 정의도 우리들의 섬세도

행동이 죽음에서 나오는

이 욕된 교외에서는

어제도 오늘도 내일도 마음에 들지 않아라

그대는 반짝거리면서 하늘 아래에서

간간이

자유를 말하는데

우스워라 나의 영은 죽어 있는 것이 아니냐

달밤

언제부터인지 잠을 빨리 자는 습관이 생겼다

밤거리를 방황할 필요가 없고

착잡한 머리에 책을 집어들 필요가 없고

마지막으로 몽상을 거듭하기도 피곤해진 밤에는

시골에 사는 나는—

달 밝은 밤을

언제부터인지 잠을 빨리 자는 습관이 생겼다

이제 꿈을 다시 꿀 필요가 없게 되었나 보다

나는 커단 서른아홉 살의 중턱에 서서

서슴지 않고 꿈을 버린다

피로를 알게 되는 것은 과연 슬픈 일이다

밤이여 밤이여 피로한 밤이여

생활

시장 거리의 먼지 나는 길 옆의
좌판 위에 쌓인 호콩 마마콩 멍석의
호콩 마마콩이 어쩌면 저렇게 많은지
나는 저절로 웃음이 터져 나왔다

모든 것을 제압하는 생활 속의
애정처럼
솟아오른 놈

(유년의 기적을 잃어버리고
얼마나 많은 세월이 흘러갔나)

16

여편네와 아들놈을 데리고

낙오자처럼 걸어가면서

나는 자꾸 허허 …… 웃는다

이 골목이라고 생각하고 무릎을 친다

들어서면서

나는 또 하나의 생활의 좁은 골목 속으로

무위와 생활의 극점을 돌아서

생활은 고절(孤絶)이며

비애였다

그처럼 나는 조용히 미쳐 간다

조용히 조용히 ……

17

모리배

언어는 나의 가슴에 있다
나는 모리배들한테서
언어의 단련을 받는다
그들은 나의 팔을 지배하고 나의
밥을 지배하고 나의 욕심을 지배한다

그래서 나는 우둔한 그들을 사랑한다

나는 그들을 생각하면서 하이데거를
읽고 또 그들을 사랑한다
생활과 언어가 이렇게까지 나에게
밀접해진 일은 없다

언어는 원래가 유치한 것이다
나도 그렇게 유치하게 되었다
그러니까 내가 그들을 사랑하지 않을 수가 없다
아아 모리배여 모리배여
나의 화신이여

자장가

아가야 아가야
열 발가락이 다 나와 있네
엄마가
만들어 준 빨간 양말에서

아가야 아가야
기저귀 위에는 나일론 종이까지 감겨져 있네
엄마는

바지가 젖는 것이 무서웁단다

아가야 아가야

돌도 아니 된 너는 머리도 한번 깎지를 않고

엄마는

너를 보고 되놈이라고 부르지

아가야 아가야

네 모양이 우스워서 노래를 부르자니

엄마는

하필 국민학교 놈의 국어 공책을 집어 주지

동맥(冬麥)

내 몸은 아파서
태양에 비틀거린다
내 몸은 아파서
태양에 비틀거린다

믿는 것이 있기 때문이다
믿는 것이 있기 때문이다
광선의 미립자와 분말이 너무도 시들하다
(압박해 주고 싶다)
뒤집어진 세상의 저쪽에서는
나는 비틀거리지도 않고 타락도 안 했으리라

그러나 이 눈망울을 휘덮는 시퍼런
작열의 의미가 밝혀지기까지는
나는 여기에 있겠다

햇빛에는 겨울 보리에 싹이 트고
강아지는 깡깡거리고
골짜기들은 평화롭지 않으냐──
평화의 의지를 말하고 있지 않으냐

울고 간 새와
울러 올 새의
적막 사이에서

밤

부정한 마음아

밤이 밤의 창을 때리는구나

너는 이런 밤을 무수한 거부 속에 헛되이 보냈구나

또 지금 헛되이 보내고 있구나

하늘 아래 비치는 별이 아깝구나

사랑이여

무된 밤에는 무된 사람을 축복하자

사치

어둠 속에 비치는 해바라기와… 주전자와… 흰 벽과…

불을 등지고 있는 성황당이 보이는

그 산에는 겨울을 가리키는 바람이 일기 시작하네

나들이를 갔다 온 씻은 듯한 마음에 오늘 밤에는 아내를 껴안아도 좋으리

밋밋한 발회목에 내 눈이 자꾸 가네

내 눈이 자꾸 가네

나들이를 갔다

새로 파논 우물전에서 도배를 하고 난 귀얄을 씻고 간 두붓집 아가씨에게

무어라고 수고의 인사를 해야 한다지

나들이를 갔다가 아들놈을 두고 온 안방 건넌방은 빈집 같구나

문명(文明)된 아내에게 「실력을 보이자면」 무엇보다도 먼저

발이라도 씻고 보자

냉수도 마시자

맑은 공기도 마시어 두자

나는 실망하지 않을 것이다

그리고 자연이 느끼라는 대로 느끼고

자연이 하라는 대로 나는 할 뿐이다

의지의 저쪽에서 영위하는 아내여

길고 긴 오늘 밤에 나의 사치를 받기 위하여

어서어서 불을 끄자

불을 끄자

말

— K · M에게

당신을 찾아갔다는 것은 현실을 직시하기 위하여서였다

마침 당신은 집에 없고 당신의 아우만이 나와서 당신이 없다고 한다

부산에서 언제 올라왔느냐고 헛말이라도 물어보아야 할 것을

나는 총에 맞는 새같이 가련하게도 당신의 집을 나와 버렸다

그 아우는 물론 들어와서 쉬어 가라고 미소를 띠우면서 권하였다

흔적은 없어도 전재(戰災)를 입은 것만 같은 (그렇게 그 문은 나에게는 너무나 컸다)

낡은 대문 사이에 매일같이 흐르는 강물이 오늘에야 비로소 꽉 차 있다

설움의 탓이라고 이 새로운 현상을 경시하면서도

어제와 같이 다시는 「헛소리」를 하지 않으려고 결심하면서

자꾸 수그러져 가는 눈을 들어 강과 대안(對岸)의 찬란한 불빛을 본다

횃불로 검은 물속을 비춰 가며 고기를 잡는 배가 증언처럼 다가오고

나는 당신의 아우에게로 뛰어가서 나의 「말」을 하지 못하는 나를 미워하였다

비

비가 오고 있다
여보
움직이는 비애를 알고 있느냐

명령하고 결의하고
「평범하게 되려는 일」 가운데에
해초처럼 움직이는
바람에 나부껴서 밤을 모르고
언제나 새벽만을 향하고 있는
투명한 움직임의 비애를 알고 있느냐
여보

움직이는 비애를 알고 있느냐

순간이 순간을 죽이는 것이 현대
현대가 현대를 죽이는 「종교」
현대의 종교는 「출발」에서 죽는 영예(榮譽)
그 누구의 시처럼

그러나 여보
비 오는 날의 마음의 그림자를
사랑하라
너의 벽에 비치는 너의 머리를
사랑하라
비가 오고 있다
움직이는 비애여

결의하는 비애

변혁하는 비애 ……

현대의 자살

그러나 오늘은 비가 너 대신 움직이고 있다

무수한 너의 「종교」를 보라

계사(鷄舍) 위에 울리는 곡괭이 소리

동물의 교향곡

잠을 자면서 머리를 식히는 사색가

―모든 곳에 너무나 많은 움직임이 있다

여보

비는 움직임을 제(制)하는 결의

움직이는 휴식

여보
그래도 무엇인가가 보이지 않느냐
그래서 비가 오고 있는데!

초봄의 뜰 안에

초봄의 뜰 안에 들어오면
서편으로 난 난간문 밖의 풍경은
모름지기
보이지 않고

황폐한 강변을
영혼보다도 더 새로운 해빙의 파편이
저 멀리
흐른다

보석 같은 아내와 아들은

화롯불을 피워 가며 병아리를 기르고

짓이긴 파 냄새가 술 취한

내 이마에 신약(神藥)처럼 생긋하다

흐린 하늘에 이는 바람은

어제가 다르고 오늘이 다른데

옷을 벗어 놓은 나의 정신은

늙은 바위에 앉은 이끼처럼 추워라

겨울이 지나간 밭고랑 사이에 남은

고독은 신의 무재주와 사기라고

하여도 좋았다

꽃

꽃은 과거와 또 과거를 향하여

피어나는 것

나는 결코 그의 종자(種子)에 대하여

말하고 있는 것은 아니다

또한 설움의 귀결을 말하고자 하는 것도 아니다

오히려 설움이 없기 때문에 꽃은 피어나고

꽃이 피어나는 순간

푸르고 연하고 길기만 한 가지와 줄기의 내면은

완전한 공허를 끝마치고 있었던 것이다

중단과 계속과 해학이 일치되듯이

어지러운 가지에 꽃이 피어오른다

과거와 미래에 통하는 꽃

견고한 꽃이

공허의 말단에서 마음껏 찬란하게 피어오른다

광야

이제 나는 광야에 드러누워도
시대에 뒤떨어지지 않는 나를 발견하였다
                                    시대의 지혜

너무나 많은 나침반이여
밤이 산등성이를 넘어 내리는 새벽이면
모기의 피처럼
시인이 쏟고 죽을 오욕의 역사

                          그러나 오늘은 산보다도
                          그것은 나의 육체의 융기

이제 나는 광야에 드러누워도

공동의 운명을 들을 수 있다

시인이 황홀하는 시간보다도 더 맥없는 시간이 어디 있느냐

도피하는 친구들

양심도 가지고 가라 휴식도 —

우리들은 다 같이 산등성이를 내려가는 사람들

　　　　　　　　그러나 오늘은 산보다도

　　　　　　　　그것은 나의 육체의 융기

광야에 와서 어떻게 드러누울 줄을 알고 있는

나는 너무나도 악착스러운 몽상가

　　　　　　조잡한 천지(天地)여

「간디」의 모방자여

여치의 나래 밑의 고단한 밤잠이여

39

「시대에 뒤떨어지는 것이 무서운 게 아니라
어떻게 뒤떨어지느냐가 무서운 것」이라는 죽음의 잠꼬대여
그러나 오늘은 산보다도
그것은 나의 육체의 용기

서시

나는 너무나 많은 첨단의 노래만을 불러왔다

나는 정지의 미에 너무나 등한하였다

나무여 영혼이여

가벼운 참새같이 나는 잠시 너의

흉하지 않은 가지 위에 피곤한 몸을 앉힌다

성장은 소크라테스 이후의 모든 현인들이 하여 온 일

정리는

전란에 시달린 20세기 시인들이 하여 놓은 일

그래도 나무는 자라고 있다 영혼은

그리고 교훈은 명령은

나는

아직도 명령의 과잉을 용서할 수 없는 시대이지만
이 시대는 아직도 명령의 과잉을 요구하는 밤이다
나는 그러한 밤에는 부엉이의 노래를 부를 줄도 안다

지지한 노래를
더러운 노래를 생기 없는 노래를
아아 하나의 명령을

하루살이

나는 일손을 멈추고 잠시 무엇을 생각하게 된다
— 살아 있는 보람이란 이것뿐이라고 —
하루살이의 광무(狂舞)여

하루살이는 지금 나의 일을 방해한다
— 나는 확실히 하루살이에게 졌다고 생각한다 —
하루살이의 유희여

너의 모습과 너의 몸짓은
어쩌면 이렇게 자연스러우냐
소리 없이 기고 소리 없이 날으다가

되돌아오고 되돌아가는 무수한 하루살이
─ 그러나 나의 머리 위에 천장에서는 너의 소리가 들린다 ─
하루살이의 반복(反覆)이여

불 옆으로 모여드는 하루살이여
벽을 사랑하는 하루살이여
감정을 잊어버린 시인에게로
모여드는 모여드는 하루살이여
─ 나의 시각을 쉬게 하라 ─
하루살이의 황홀이여

예지

바늘구멍만 한 예지(叡智)를 바라면서 사는 자의 설움이여

너는 차라리 부정한 자가 되라

오늘

이 헐벗은 거리에 가슴을 대고

뒤집어진 부정이 정의가 되지 않더라도

그러면 너의 벗들과

너의 이웃 사람들의 얼굴이

바늘구멍 저쪽에 떠오르리라

축소와 확대의 중간에 선 그들의 얼굴

강력과 기도가 일체가 되는 거리에서

45

너는 비로소 겸허를 배운다

바늘구멍만 한 예지의 저쪽에서 사는 사람들이여

나의 현실의 「메트르」여

어제와 함께 내일에 사는 사람들이여

강력한 사람들이여 ……

채소밭 가에서

기운을 주라 더 기운을 주라
강바람은 소리도 고웁다
기운을 주라 더 기운을 주라
달리아가 움직이지 않게
기운을 주라 더 기운을 주라
무성하는 채소밭 가에서
기운을 주라 더 기운을 주라
돌아오는 채소밭 가에서
기운을 주라 더 기운을 주라
바람이 너를 마시기 전에

봄밤

애타도록 마음에 서둘지 말라
강물 위에 떨어진 불빛처럼
혁혁한 업적을 바라지 말라
개가 울고 종이 들리고 달이 떠도
너는 조금도 당황하지 말라
술에서 깨어난 무거운 몸이여
오오 봄이여

한없이 풀어지는 피곤한 마음에도
너는 결코 서둘지 말라
너의 꿈이 달의 행로와 비슷한 회전을 하더라도

개가 울고 종이 들리고

기적 소리가 과연 슬프다 하더라도

너는 결코 서둘지 말라

서둘지 말라 나의 빛이여

오오 인생이여

재앙과 불행과 격투와 청춘과 천만인의 생활과

그러한 모든 것이 보이는 밤

눈을 뜨지 않은 땅속의 벌레같이

아둔하고 가난한 마음은 서둘지 말라

애타도록 마음에 서둘지 말라

절제여

나의 귀여운 아들이여

오오 나의 영감(靈感)이여

폭포

폭포는 곧은 절벽을 무서운 기색도 없이 떨어진다

규정할 수 없는 물결이
무엇을 향하여 떨어진다는 의미도 없이
계절과 주야를 가리지 않고
고매한 정신처럼 쉴 사이 없이 떨어진다

금잔화도 인가도 보이지 않는 밤이 되면

폭포는 곧은 소리를 내며 떨어진다

곧은 소리는 소리이다
곧은 소리는 곧은
소리를 부른다

번개와 같이 떨어지는 물방울은
취할 순간조차 마음에 주지 않고
나타(懶惰)와 안정을 뒤집어 놓은 듯이
높이도 폭도 없이
떨어진다

영롱한 목표

새로운 목표는 이미 나타나고 있었다

죽음보다도 엄숙하게

귀고리보다도 더 가까운 곳에

종소리보다도 더 영롱하게

나는 오늘부터 지리교사 모양으로 벽을 보고 있을 필요가 없고

노쇠한 선교사 모양으로 낮잠을 자지 않고도 견딜 만한 강인성을 가지고 있다

이러한 목표는 극장 의회 기계의 치차(齒車)

선박의 삭구(索具) 등을 저주(呪詛)하지 않는다

사람이 지나간 자국 위에 서서 부르짖는 것은

개와 도회의 사기사(詐欺師)뿐이 아니겠느냐

모든 관념의 말단에 서서 생활하는 사람만이 이기는 법이다

새로운 목표는 이미 작업을 시작하고 있었다

역을 떠난 기차 속에서

능금을 먹는 아이들의 머리 위에서

설명이 필요하지 않은 희열 위에서

40년간의 조판 경험이 있는 근시안의 노직공의 가슴속에서

가장 심각한 나의 우둔 속에서

새로운 목표는 이미 나타나고 있었다

죽음보다도 엄숙하게

귀고리보다도 더 가까운 곳에

종소리보다도 더 영롱하게

자(針尺)

가벼운 무게가 하늘을
생각하게 하는
자의 우아(優雅)는 무엇인가

무엇이든지
재어 볼 수 있는 마음은

아무것도 재지 못할 마음

삶에 지친 자(者)여

자를 보라

너의 무게를 알 것이다

지구의(地球儀)

지구의의 양극을 관통하는 생활보다는
차라리 지구의의 남극에 생활을 박아라
고난이 풍선같이 바람에 불리거든
너의 힘을 알리는 신호인 줄 알아라

지구의의 남극에는 검은 쇠꼭지가 심겨 있는지라 —

무르익은 사랑을 돌리어 보듯이
북극이 망가진 지구의를 돌려라

쇠꼭지보다도 허망한 생활이 균형을 잃을 때
명정(酪酊)한 정신이 명정을 찾듯이
너는 비로소 너를 찾고 웃어라

눈

눈은 살아 있다
떨어진 눈은 살아 있다
마당 위에 떨어진 눈은 살아 있다

기침을 하자
젊은 시인이여 기침을 하자
눈 위에 대고 기침을 하자
눈더러 보라고 마음 놓고 마음 놓고

기침을 하자

눈은 살아 있다
죽음을 잊어버린 영혼과 육체를 위하여
눈은 새벽이 지나도록 살아 있다

기침을 하자
젊은 시인이여 기침을 하자
눈을 바라보며
밤새도록 고인 가슴의 가래라도
마음껏 뱉자

59

병풍

병풍은 무엇에서부터라도 나를 끊어 준다

등지고 있는 얼굴이여

죽음에 취한 사람처럼 멋없이 서서

병풍은 무엇을 향하여서도 무관심하다

죽음의 전면(全面) 같은 너의 얼굴 위에

용이 있고 낙일(落日)이 있다

무엇보다도 먼저 끊어야 할 것이 설움이라고 하면서

병풍은 허위의 높이보다도 더 높은 곳에
비폭(飛瀑)을 놓고 유도(幽島)를 점지한다
가장 어려운 곳에 놓여 있는 병풍은
내 앞에 서서 죽음을 가지고 죽음을 막고 있다
나는 병풍을 바라보고
달은 나의 등 뒤에서 병풍의 주인 육칠옹 해사의 인장을 비추어 주는 것이었다

백의

내가 비로소 여유를 갖게 된 것은

거리에서와 마찬가지로 집 안에 있어서도 저 무시무시한 백의(白蟻)를 보기 시작한

때부터이었다

백의는 자동식 문명의 천재이었기 때문에 그의 소유주에게는

일언의 약속도 없이 제가 갈 길을 자유자재로 찾아다니었다

그는 나같이 몸이 약하지 않은 점에 주요한 원인이 있겠지만

뇌신(雷神)보다 더 사나웁게 사람들을 울리고

「뮤즈」보다도 더 부드러웁게 사람들의 상처를 쓰다듬어 준다

질책의 권리를 주면서 질책의 행동을 주지 않고

62

어떤 나라의 지폐보다도 신용은 있으나

신체가 너무 왜소한 까닭에 사람들의 눈에 띄지를 않는다

고대 형이상학자들은 그를 보고 「양극의 합치」라든가 혹은 「거대한 희열」이라고

부르고 있었지만

19세기 시인들은 그를 보고 「도피의 왕자」 혹은 단순히 「여유」라고 불렀다

그는 남미의 어느 면공업자의 서자로 태어나서

「나이아가라」 강변에서 수도공사(隧道工事)에 정신(挺身)하고 있었다 하며

그의 모친은 희랍인이라고 한다

양안(兩眼)이 모두 담홍색을 하고 있는 것으로 보아

그가 오랜 세월을 암야(暗夜) 속에서 살고 있었던 것만은 확실하다고 나는 생각한다

나의 맏누이동생이 그를 「허니」라고 부르고 있는 것이 아니꼬워서

내가 어느 날 그에게 「마신(魔神)」이라는 별명을 붙였더니

그는 대뜸

「오빠는 어머니보다도 더 완고하다」고 하면서

나를 도리어 꾸짖는 척한다

(그가 나를 진심으로 꾸짖지 않았다는 것을

나는 그의 은근하고 매혹적인 표정에서 능히 감득할 수 있었다)

—비참한 것은 백의이다

그는 한국에 수입되어 가지고 완전한 고아가 되었고

거리에 흩어진 월간 대중잡지 위에 매월 그의 사진이 게재되어 왔을 뿐만 아니라

어느 삼류 신문의 사회면에는 간혹 그의 구제금 응모 기사 같은 것이 나오고 있다

나는 이러한 사진과 기사를 볼 때마다

이것은 「애틀랜틱」과 「하퍼스」의 광고부의 분실(分室)이 나타났다고

이곳 저널리스트의 역습의 묘리에 감탄하고 있었는데

백의는 이와 같은 나의 안심과 태만을 비웃는 듯이

어느 틈에 우리 가정의 내부에까지 침입하여 들어와서

신심양면의 허약증으로 신음하고 있는 나를 독촉하여

「희랍인을 모친으로 가진 미국인에게 대한 호소문」과 「정신상(精神上)으로 본

희랍의 독립선언서」를 써서

전자를 현재 일리노이 주에 있는 자기의 모친에게 보내고

후자는 희랍 독립박물관 관장에게 보내 달라고 한다

이러한 그의 무리한 요청에 대하여 나는 하는 수 없이

「그것은 나의 역량 이상의 것이므로 신세계극단의 연출자 S씨를 찾아가 보라」고

터무니없는 거짓말을 하여가지고 즉석에 거절하여 버렸다

오히려 이와 같은 나의 경멸과 강의(剛毅)로 인하여

나는 그날부터 그를 진심으로 사랑하게 되었다

그러나 바로 어저께 내가 오래간만에 거리에 나가니

나의 친구들은 모조리 나를 회피하는 눈치이었다

그중의 어느 시인은 다음과 같이 나에게 욕을 하였다

「더러운 자식 너는 백의와 간통하였다지? 너는 오늘부터 시인이 아니다 ……」

— 백의의 비극은 그가 현대의 경제학을 등한히 하였을 때에서부터 시작되었던 것이다

여름 아침

여름 아침의 시골은 가족과 같다
햇살을 모자같이 이고 앉은 사람들이 밭을 고르고
우리 집에도 어저께는 무씨를 뿌렸다
원활하게 굽은 산등성이를 바라보며
나는 지금 간밤의 쓰디쓴 후각과 청각과 미각과 통각(統覺)마저 잊어버리려고 한다

물을 뜨러 나온 아내의 얼굴은
어느 틈에 저렇게 검어졌는지 모르나
차차 시골 동리 사람들의 얼굴을 닮아 간다
뜨거워질 햇살이 산 위를 걸어 내려온다
가장 아름다운 이기적인 시간 위에서
나는 나의 검게 타야 할 정신을 생각하며

구별을 용사(容赦)하지 않는
밭고랑 사이를 무겁게 걸어간다

고뇌여

강물은 도도하게 흘러내려 가는데
천국도 지옥도 너무나 가까운 곳

사람들이여

차라리 숙련이 없는 영혼이 되어
씨를 뿌리고 밭을 갈고 가래질을 하고 고물개질을 하자

여름 아침에는
자비로운 하늘이 무수한 우리들의 사진을 찍으리라
단 한 장의 사진을 찍으리라

수난로

견고한 것을 좋아하는 사람들이
팔을 고이고 앉아서 창을 내다보는
수난로(水煖爐)는 문명의 폐물(廢物)

어둠이 들어앉는다
그의 내부에서는 더운 물이 없어지고
삼월도 되기 전에

나는 이 어둠을 신이라고 생각한다

이 어두운 신은 밤에도 외출을 못하고 자기의 영토를 지킨다

69

— 유일한 희망은 겨울을 기다리는 것이다

그의 가치는
왼손으로 글을 쓰는 소녀만이 알고 있다
그것은 그의 둥근 호흡기가 언제나 왼쪽에 달려 있기 때문이다

그러나 어디를 가 보나
그의 머리 위에 반드시 창이 달려 있는 것은
죄악이 아니겠느냐

공원이나 휴식이 필요한 사람들이
여름이면 그의 곁에 와서
곧잘 팔을 고이고 앉아 있으니까

그는 인간의 비극을 안다

그래서 그는 낮에도 밤에도
어둠을 지니고 있으면서
어둠과는 타협하는 법이 없다

도취의 피안

내가 사는 지붕 위를 흘러가는 날짐승들이
울고 가는 울음소리에도
나는 취하지 않으련다

사람이야 말할 수 없이 애처로운 것이지만
내가 부끄러운 것은 사람보다도
저 날짐승이라 할까

내가 있는 방 위에 와서 앉거나
또는 그의 그림자가 혹시나 떨어질까 보아 두려워하는 것도
나는 아무것에도 취하여 살기를 싫어하기 때문이다

하루에 한번씩 찾아오는
수치와 고민의 순간을 너에게 보이거나
들키거나 하기가 싫어서가 아니라

나의 얇은 지붕에서 솔개미 같은
사나운 놈이 약한 날짐승들이 오기를 노리면서 기다리고
더운 날과 추운 날을 가리지 않고
늙은 버섯처럼 숨어 있기 때문에도 아니다

날짐승의 가는 발가락 사이에라도 잠겨 있을 운명—
그것이 사람의 발자국 소리보다도
나에게 시간을 가르쳐 주는 것이 나는 싫다

나야 늙어 가는 봄 위에 하잘것없이 앉아 있으면 고만이고

너는 날아가면 고만이지만

잠시라도 나는 취하는 것이 싫다는 말이다

나의 초라한 검은 지붕에

너의 날개 소리를 남기지 말고

네가 던지는 조그마한 그림자가 무서워 벌벌 떨고 있는

나의 귀에다 너의 엷은 울음소리를 남기지 말라

차라리 앉아 있는 기계와 같이

취하지 않고 늙어 가는

나와 나의 겨울을 한층 더 무거운 것으로 만들기 위하여

나의 눈일랑 한층 더 맑게 하여 다오

짐승이여 짐승이여 날짐승이여

도취의 피안(彼岸)에서 날아온 무수한 날짐승들이여

국립도서관

모두들 공부하는 속에 와 보면 나도 옛날에 공부하던 생각이 난다

그리고 그 당시의 시대가 지금보다 훨씬 좋았다고

누구나 어른들은 말하고 있으나

나는 그 우열을 따지고 싶지는 않다

그러나 「그때는 그때이고 지금은 지금이라」고

구태여 달관하고 있는 지금의 내 마음에

샘솟아 나오려는 이 설움은 무엇인가

모독당한 과거일까

약탈된 소유권일까

그대들 어린 학도들과 나 사이에 놓여 있는

연령의 넘지 못할 차이일까 ……

전쟁의 모든 파괴 속에서
불사조같이 살아난 너의 몸뚱아리—
우주의 파편같이
혹은 혜성같이 반짝이는
무수한 잔재 속에 담겨 있는 또 이 무수한 몸뚱아리—들은
지금 무엇을 예의(銳意) 연마하고 있는가

흥분할 줄 모르는 나의 생리와
방향을 가리지 않고 서 있는 서가 사이에서
도적질이나 하듯이 희끗희끗 내어다보는 저 흰 벽들은
무슨 조류(鳥類)의 시뇨(屎尿)와도 같다

오 죽어 있는 방대한 서책들

너를 보는 설움은 피폐한 고향의 설움일지도 모른다
예언자가 나지 않는 거리로 창이 난 이 도서관은
창설의 의도부터가 풍자적이었는지도 모른다

모두들 공부하는 속에 와 보면 나도 옛날에 공부하던 생각이 난다

여름 뜰

무엇 때문에 부자유한 생활을 하고 있으며

무엇 때문에 자유스러운 생활을 피하고 있느냐

여름 뜰이여

나의 눈만이 혼자서 볼 수 있는 주름살이 있다 굴곡이 있다

모—든 언어가 시에로 통할 때

나는 바로 일순간 전의 대담성을 잊어버리고

젖 먹는 아이와 같이 이지러진 얼굴로

여름 뜰이여

너의 광대한 손을 본다

「조심하여라! 자중하여라! 무서워할 줄 알아라!」 하는

억만의 소리가 비 오듯 내리는 여름 뜰을 보면서

합리와 비합리와의 사이에 묵연히 앉아 있는

나의 표정에는 무엇인지 우스웁고 간지럽고 서먹하고 쓰디쓴 것마저 섞여 있다

그것은 둔한 머리에 움직이지 않는 사념일 것이다

무엇 때문에 부자유한 생활을 하고 있으며

무엇 때문에 자유스러운 생활을 피하고 있느냐

여름 뜰이여

「크레인」의 강철보다 더 강한 익어 가는 황금빛을 꺾기 위하여

너의 뜰을 달려가는 조그마한 동물이라도 있다면

여름 뜰이여

나는 너에게 희생할 것을 준비하고 있노라

질서와 무질서와의 사이에
움직이는 나의 생활은
쉽지가 않아 시체나 다름없는 것이다

여름 뜰을 흘겨보지 않을 것이다
여름 뜰을 밟아서도 아니 될 것이다
묵연히 묵연히
그러나 속지 않고 보고 있을 것이다

이러한 젊은 시절보다도 더 젊은 것이

헬리콥터 — 의 영원한 생리(生理)이다

1950년 7월 이후에 헬리콥터는

이 나라의 비좁은 산맥 위에 자태를 보이었고

이것이 처음 탄생한 것은 물론 그 이전이지만

그래도 제트기나 카고보다는 늦게 나왔다

그렇지만 린드버그가 헬리콥터를 타고서

대서양을 횡단하지 않았기 때문에

우리는 지금 동양의 풍자(諷刺)를 그의 기체(機體) 안에 느끼고야 만다

비애의 수직선을 그리면서 날아가는 그의 설운 모양을

우리는 좁은 뜰 안에서뿐만 아니라

심지어는 항아리 속에서부터라도 내어다볼 수 있고

이러한 우리의 순수한 치정(痴情)을

헬리콥터에서도 내려다볼 수 있을 것을 짐작하기 때문에

「헬리콥터여 너는 설운 동물이다」

―자유
―비애

더 넓은 전망이 필요 없는 이 무제한의 시간 위에서
산도 없고 바다도 없고 진흙도 없고 진창도 없고 미련도 없이
앙상한 육체의 투명한 골격과 세포와 신경과 안구까지
모조리 노출 낙하시켜 가면서
안개처럼 가벼웁게 날아가는 과감한 너의 의사 속에는
남을 보기 전에 네 자신을 먼저 보이는
긍지와 선의가 있다

너의 조상들이 우리의 조상과 함께
손을 잡고 초동물(超動物) 세계 속에서 영위하던
자유의 정신의 아름다운 원형을
너는 또한 우리가 발견하고 규정하기 전에 가지고 있었으며
오늘에 네가 전하는 자유의 마지막 파편에
스스로 겸손의 침묵을 지켜 가며 울고 있는 것이다

서책

덮어 놓은 책은 기도와 같은 것

이 책에는

신(神)밖에는 아무도 손을 대어서는 아니 된다

잠자는 책이여
누구를 향하여 앉아서도 아니 된다
누구를 향하여 열려서도 아니 된다

지구에 묻은 풀잎같이

나에게 묻은 서책의 숙련-

순결과 오점이 모두 그의 상징이 되려 할 때

신이여

당신의 책을 당신이 여시오

잠자는 책은 이미 잊어버린 책

이다음에 이 책을 여는 것은

내가 아닙니다

구라중화(九羅重花)

— 어느 소녀에게 물어보니

너의 이름은 「구라지오라스」라고

저것이야말로 꽃이 아닐 것이다
저것이야말로 물도 아닐 것이다

눈에 걸리는 마지막 물건이 무엇이냐고 물어보는 듯
영롱한 꽃송이는 나의 마지막 인내를 부숴 버리려고 한다

나의 마음을 딛고 가는 거룩한 발자국 소리를 들으면서
지금 나는 마지막 붓을 든다

누가 무엇이라 하든 나의 붓은 이 시대를 진지하게 걸어가는 사람에게는 치욕
물소리 빗소리 바람소리 하나 들리지 않는 곳에

나란히 옆으로 가로 세로 위로 아래로 놓여 있는 무수한 꽃송이와 그 그림자

그것을 그리려고 하는 나의 붓은 말할 수 없이 깊은 치욕

이것은 누구에게도 보이지 않을 글이기에

(아아 그러한 시대가 온다면 얼마나 좋은 일이냐)

나의 동요 없는 마음으로

너를 다시 한번 치어다보고 혹은 내려다보면서 무량(無量)의 환희에 젖는다

꽃 꽃 꽃

부끄러움을 모르는 꽃들

누구의 것도 아닌 꽃들

너는 늬가 먹고사는 물의 것도 아니며

나의 것도 아니고 누구의 것도 아니기에

지금 마음 놓고 고즈넉이 날개를 펴라
마음대로 뛰놀 수 있는 마당은 아닐지나
(그것은 「골고다」의 언덕이 아닌
현대의 가시철망 옆에 피어 있는 꽃이기에)
물도 아니며 꽃도 아닌 꽃일지나
너의 숨어 있는 인내와 용기를 다하여 날개를 펴라

물이 아닌 꽃
물같이 엷은 날개를 펴며
너의 무게를 안고 날아가려는 듯

늬가 끊을 수 있는 것은 오직 생사의 선조(線條)뿐
그러나 그 비애에 찬 선조도 하나가 아니기에
너는 다시 부끄러움과 주저(躊躇)를 품고 숨 가빠 하는가

결합된 색깔은 모두가 엷은 것이지만

설움이 힘찬 미소와 더불어 관용과 자비로 통하는 곳에서

늬가 사는 엷은 세계는 자유로운 것이기에

생기와 신중을 한 몸에 지니고

사실은 벌써 멸하여 있을 너의 꽃잎 위에

이중의 봉오리를 맺고 날개를 펴고

죽음 위에 죽음 위에 죽음을 거듭하리

구라중화(九羅重花)

영사판(映寫板)

고통의 영사판 뒤에 서서
어룽대며 변하여 가는 찬란한 현실을 잡으려고
나는 어떠한 몸짓을 하여야 되는가

하기는 현실이 고귀한 것이 아니라
영사판을 받치고 있는 주야를 가리지 않는 어둠이
표면에 비치는 현실보다 한 치쯤은 더
소중하고 신성하기도 한 것인지 모르지만

나의 두 어깨는 꺼부러지고

영사판 위에 비치는 길 잃은 비둘기와 같이 가련하게 된다

고통되는 점은
피가 통하는 듯이 느껴지는 것은
비둘기의 울음소리

구 구 구구구 구구

시원치 않은 이 울음소리만이
어째서 나의 뼈를 뚫고 총알같이 날쌔게 달아나는가

이때이다 —
나의 온 정신에 화룡점정이 이루어지는 순간이

영사판 위의 모―든 검은 현실이 저마다 색깔을 입고

이미 멀리 달아나 버린 비둘기의 두 눈동자에까지

붉은 광채가 떠오르는 것을 보다

영사판 양편에 하나씩 서 있는

설움이 합쳐지는 내 마음 위에

긍지의 날

너무나 잘 아는
순환의 원리를 위하여
나는 피로하였고
또 나는
영원히 피로할 것이기에
구태여 옛날을 돌아보지 않아도
설움과 아름다움을 대신하여 있는 나의 긍지
오늘은 필경 긍지의 날인가 보다

내가 살기 위하여
몇 개의 번개 같은 환상이 필요하다 하더라도

꿈은 교훈

청춘 물 구름

피로들이 몇 배의 아름다움을 가하여 있을 때도

나의 원천과 더불어

나의 최종점은 긍지

파도처럼 요동하여

소리가 없고

비처럼 퍼부어

젖지 않는 것

그리하여

피로도 내가 만드는 것

긍지도 내가 만드는 것

그러할 때면은 나의 몸은 항상
한 치를 더 자라는 꽃이 아니더냐

오늘은 필경 여러 가지를 합한 긍지의 날인가 보다
암만 불러도 싫지 않은 긍지의 날인가 보다
모든 설움이 합쳐지고 모든 것이 설움으로 돌아가는
긍지의 날인가 보다
이것이 나의 날
내가 자라는 날인가 보다

방 안에서 익어 가는 설움

비가 그친 후 어느 날—
나의 방 안에 설움이 충만되어 있는 것을 발견하였다

오고 가는 것이 직선으로 혹은
대각선으로 맞닥뜨리는 것 같은
나의 설움은 유유히 자기의 시간을 찾아갔다

설움을 역류하는 야릇한 것만을 구태여 찾아서 헤매는 것은
우둔한 일인 줄 알면서
그것이 나의 생활이며 생명이며 정신이며 시대이며 밑바닥이라는 것을 믿었기 때문에—

아아 그러나 지금 이 방 안에는
오직 시간만이 있지 않으냐

흐르는 시간 속에 이를테면 푸른 옷이 걸리고 그 위에
반짝이는 별같이 흰 단추가 달려 있고

가만히 앉아 있어도 자꾸 뻐근하여만 가는 목을 돌려
시간과 함께 비스듬히 내려다보는 것
그것은 혹시 한 자루의 부채
―그러나 그것은 보일락 말락 나의 시야에서
멀어져 가는 것―
하나의 가냘픈 물체에 도저히 고정될 수 없는
나의 눈이며 나의 정신이며

이 밤이 기다리는 고요한 사상마저

나는 초연히 이것을 시간 위에 얹고

어려운 몇 고비를 넘어가는 기술을 알고 있나니

누구의 생활도 아닌 이것은 확실한 나의 생활

마지막 설움마저 보낸 뒤

빈 방 안에 나는 홀로이 머물러 앉아

어떠한 내용의 책을 열어 보려 하는가

달나라의 장난

팽이가 돈다
어린아해이고 어른이고 살아가는 것이 신기로워
물끄러미 보고 있기를 좋아하는 나의 너무 큰 눈 앞에서
아이가 팽이를 돌린다
살림을 사는 아해들도 아름다웁듯이
노는 아해도 아름다워 보인다고 생각하면서
손님으로 온 나는 이 집 주인과의 이야기도 잊어버리고
또 한번 팽이를 돌려 주었으면 하고 원하는 것이다
도회 안에서 쫓겨 다니는 듯이 사는
나의 일이며
어느 소설보다도 신기로운 나의 생활이며

모두 다 내던지고

점잖이 앉은 나의 나이와 나이가 준 나의 무게를 생각하면서

정말 속임 없는 눈으로

지금 팽이가 도는 것을 본다

그러면 팽이가 까맣게 변하여 서서 있는 것이다

누구 집을 가 보아도 나 사는 곳보다는 여유가 있고

바쁘지도 않으니

마치 별세계같이 보인다

팽이가 돈다

팽이가 돈다

팽이 밑바닥에 끈을 돌려 매이니 이상하고

손가락 사이에 끈을 한끝 잡고 방바닥에 내어 던지니

소리 없이 회색빛으로 도는 것이

오래 보지 못한 달나라의 장난 같다

팽이가 돈다

팽이가 돌면서 나를 울린다

제트기 벽화 밑의 나보다 더 뚱뚱한 주인 앞에서

나는 결코 울어야 할 사람은 아니며

영원히 나 자신을 고쳐 가야 할 운명과 사명에 놓여 있는 이 밤에

나는 한사코 방심조차 하여서는 아니 될 터인데

팽이는 나를 비웃는 듯이 돌고 있다

비행기 〈프로펠러〉보다는 팽이가 기억이 멀고

강한 것보다는 약한 것이 더 많은 나의 착한 마음이기에

팽이는 지금 수천 년 전의 성인과 같이

내 앞에서 돈다

생각하면 서러운 것인데

너도 나도 스스로 도는 힘을 위하여

공통된 그 무엇을 위하여 울어서는 아니 된다는 듯이

서서 돌고 있는 것인가

팽이가 돈다

팽이가 돈다

웃음

웃음은 자기 자신이 만드는 것이라면 그것은 얼마나 서러운 것일까

푸른 목

귀여운 눈동자

진정 나는 기계주의적 판단을 잊고 시들어 갑니다.

마차를 타고 가는 사람이 좋지 않아요

웃고 있어요

그것은 그림

토막방 안에서 나는 우주를 잡을 듯이 날뛰고 있지요

고운 신(神)이 이 자리에 있다면

나에게 무엇이라고 하겠나요

아마 잘 있으라고 손을 휘두르고 가지요

문턱에서.

이보다 더 추운 날처럼 나는 여기서 겨울을 맞이하다가

오랜 시간이 경과된 후에도

이 웃음만은 흔적을 남기고 있을 것이라고 믿는 것은

어리석은 일

시간에 달린 기―다란 시간을 보시오

내가 어리다고 한탄하지 마시오

나는 내 가슴에

또 하나의 종지부를 찍어야 합니다.

아버지의 사진

아버지의 사진을 보지 않아도

비참은 일찍이 있었던 것

돌아가신 아버지의 사진에는

안경이 걸려 있고

내가 떳떳이 내다볼 수 없는 현실처럼

그의 눈은 깊이 파지어서

그래도 그것은

돌아가신 그날의 푸른 눈은 아니오

나의 기아처럼 그는 서서 나를 보고

나는 모—든 사람을 또한

나의 처를 피하여
그의 얼굴을 숨어 보는 것이오

영탄(永嘆)이 아닌 그의 키와
저주가 아닌 나의 얼굴에서
오—나는 그의 얼굴을 따라
왜 이리 조바심하는 것이오

조바심도 습관이 되고
그의 얼굴도 습관이 되며
나의 무리하는 생에서
그의 사진도 무리가 아닐 수 없이

그의 사진은 이 맑고 넓은 아침에서

또 하나 나의 팔이 될 수 없는 비참이오

행길에 얼어붙은 유리창들같이

시계의 열두 시같이

재차는 다시 보지 않을 편력의 역사 ……

나는 모든 사람을 피하여

그의 얼굴을 숨어 보는 버릇이 있소

토끼

1

토끼는 입으로 새끼를 뱉으다

토끼는 태어날 때부터
뛰는 훈련을 받는 그러한 운명에 있었다
그는 어미의 입에서 탄생과 동시에 추락을 선고받는 것이다

토끼는 앞발이 길고
귀가 크고
눈이 붉고
또는 「이태백이 놀던 달 속에서 방아를 찧고」……
모두 재미있는 현상이지만

그가 입에서 탄생되었다는 것은 또 한번 토끼를 생각하게 한다

자연은 나의 몇 사람의 독특한 벗들과 함께

토끼의 탄생의 방식에 대하여

하나의 이덕(異德)을 주고 갔다

우리집 뜰 앞 토끼는 지금 하얀 털을 비비며 달빛에 서서 있다

토끼야

봄 달 속에서 나에게만 너의 재조(才操)를 보여라

너의 입에서 튀어나오는

너의 새끼를

2

생후의 토끼가 살기 위하여서는

전쟁이나 혹은 나의 진실성 모양으로 서서 있어야 하였다

누가 서 있는 게 아니라
토끼가 서서 있어야 하였다
그러나 그는 캥거루의 일종은 아니다
수우(永牛)나 생어(生魚)같이
음정을 맞추어 우는 법도
습득하지는 못하였다
그는 고개를 들고 서서 있어야 하였다

몽매와 연령이 언제 그에게
나타날는지 모르는 까닭에
잠시 그는 별과 또 하나의 것을 쳐다보고 있어야 하는 것이다
또 하나의 것이란 우리의 육안에는 보이지 않는 곡선 같은 것일까

초부(樵夫)의 일하는 소리

바람이 생기는 곳으로

흘러가는 흘러가는 새 소리

갈대 소리

「올겨울은 눈이 적어서 토끼가 은거할 곳이 없겠네」

「저기 저 하─얀 것이 무엇입니까」

「불이다 산화(山火)다」

기
호

이 시집은 1948년부터 1959년에 이르기까지의 여러 잡지와 신문 등속에 발표되었던 것을 추려 모아 놓은 것이다.

그러나 「토끼」 「아버지의 사진」 「옷음」의 세 작품을 제외하고는 모두가 6·25 후에 쓴 것이며、 그중에서도 최근 3·4년간에 쓴 것이 비교적 많이 들어 있다.

낡은 작품일수록 애착이 더해지는 것이지만、 해방 후의 작품은 거의 소실된 것이 많고、 현재 수중에 남아 있는 것 중에

서 간신히 뽑아낸 것이 이상의 세 작품
이다.

특히 「민경」지에 실린 「거리」와 「민생
보」에 실린 「꽃」은 꼭 이 안에 묶어 두
고 싶었지만 지금은 양지가 다 구할 길이
없다.

목차는 대체로 제작 역순으로 되어 있다.

1959년 11월 10일

　　　　　　　　　　김수영

달나라의 장난

1판 1쇄 찍음 1959년 11월 25일

1판 1쇄 펴냄 1959년 11월 30일

2판 1쇄 펴냄 2018년 5월 25일

2판 2쇄 펴냄 2018년 6월 28일

지은이 김수영

발행인 박근섭, 박상준

펴낸곳 (주)민음사

출판등록 1966. 5. 19. 제16-490호

서울특별시 강남구 도산대로1길 62(신사동)

강남출판문화센터 5층 06027

대표전화 515-2000 팩시밀리 515-2007

www.minumsa.com

ISBN 978 89 374 2932 3 04800

ISBN 978 89 374 2900 2 (세트)